बेटी की क़लम से पिता का जीवन

अनीता शर्मा

बेटी की क़लम से पिता का जीवन

अनीता शर्मा

Published By

Anybook

Cell : 9971698930

E-mail : contactanybook@gmail.com

Website : www.anybook.org

Price in India : 175/- INR

First published by Anybook in 2021

Copyright © 2021 Anybook

Copyright Text © 2021 Anita Sharma

Printed and bound in India

Cover Design & Typesetting by Anybook

ISBN : 978-93-86619-82-2

मेरे पिताजी
श्री जगदीश प्रसाद पाण्डेय
को समर्पित

मेरे पिता की कहानी

मेरे पिताजी की कहानी है इतनी,
आशीर्वाद में उनकी निशानी रहेगी।
संस्कार में वो जीवित रहेगे,
मैं जब तक जीवित रहूँगी।

मैं हंसती तो हँसते थे वो भी,
मुरझा जब चुप होती थी मैं
चिन्तित वे रहते थे तब वे,
आज ना जाने कहाँ गुम हुए वो।

काश वो दो घड़ी आकर बैठते,
दो बात करती, दो बात सुनती।
असहाय सी घुटती हूँ दिल में,
बस बेचैन रहती एकान्त में।

हमेशा हाथ सिर पर रहता था उनका,
अहसास तो है पर वे कहाँ हैं।
बेटा कहकर बुलाते थे मुझको,
आज वो आवाज न जाने कहाँ हैं।

नहीं जानती थी न देख पाऊँगी उनको,
जिनसे हर सुबह होती थी मेरी।
नम्बर तो फोन पर अब लिखा है,
पर आवाज न जाने कहाँ खो गयी है।

बाबूजी याद बहुत आते हो,
तब आँखे छलक जाती है मेरी।
दिल ही दिल में तड़प उठती हूँ मैं,
एकान्त में याद बहुत करती हूँ मैं।

अनिता शर्मा झाँसी

पिता

परिवार शब्द में बड़ी शक्ति है
पिता जो वट वृक्ष से दृढ़ हैं।
जमी से जुड़ी जड़े उनकी
पकड़ बहुत मजबूत है उनकी।
माँ धूरी सी घूमती रहती
पूरा घर है संभालती स्वयं ही।
माँ धरती सी संबल परिवार की
पिता सूर्य से ऊर्जा पुन्ज प्रकाश।
बच्चों को संस्कार सिखाते
है संस्कृति से उन्हें जोड़ते।
प्यार का बीजारोपण करते
बच्चों को संस्कारित करते।
परस्पर विश्वास का पाठ पढ़ाते
नैतिकता का ग्यान कराते।
गंभीर भले ही लगते हो वह
भावुक हृदय भीतर से रखते।
सख्त कभी होते हैं अगर तो
परिवार का निर्माण गुणों से करते।
पूरे परिवार के केन्द्र बिन्दु वे
आत्मसम्मान से जीवन जीते।
नमन करूँ मैं अपने पिता को ॥

अनिता शर्मा झाँसी

13/6/2020

(पिता को द्वितीय पुण्यतिथि पर अश्रु पूरित श्रद्धान्जली)

प्रस्तुति

मैं अपने बाबूजी के बहुत क़रीब रही उनको जानने समझने की कोशिश करती, कभी उन्ही से उनके बचपन के बारे में पूछती तो कभी उनकी माँ के बारे में।

वे अपने जीवन की हर छोटी घटना के बारे में बतलाते जैसे कि उनका व्यकतित्व ईमानदार रहा वैसे ही शब्द भी ईमानदारी से हर घटना को स्पष्ट रखते। उनका संघर्ष भरा जीवन हमें प्रेरणा दे गया गमने भी अपने जीवन को सरल-सदा ही रखा और नीट कठिन परिश्रम को अपने जीवन में शामिल कर लिया।

बच्चों को संस्कार सिखाने से नहीं आते वे तो अपने माता-पिता को बारीकी से परखते हुए उनकों आत्मसात करते जाते हैं। ये मेरा व्यकतिगत अनुभव है। मैंने बहुत बारीकी से उन्हें जाना और उनकी तरह बनने का प्रयास किया।

अनिता शर्मा झाँसी

शुभकामनाएँ

मेरी छोटी बहिन, श्रीमती अनीता शर्मा ने पिताजी के जीवन-चरित्र का चित्रण बहुत ही सहज, स्वभाविक ढ़ंग से किया की। उनके जीवन-चरित्र को अपनी लेखनी द्वार 'जीवतता' प्रदान की है।

मेरी बहुत-बहुत शुभकामनाएँ 'श्री माँ' इसी प्रकार आपका मार्ग प्रशस्त करें। बाबूजी के लिए जो उद्गार व्यक्त किए है, बहुत ही सुन्दर है उनके भावी वंशज उन्हें जानेगे, समझेंगे और उनका अनुकरण करेंगे।

समस्त शुभकामनाओं सहित।

सुनीता पटैरिया

मेरे पिता

अनजाने में बहुत कुछ दे गये, जिसका संज्ञान आज अचानक अपनी पेन्टिंग को देखते हुए हुआ। आज जब लोग तारीफ करते हैं तो उस तारीफ के असली हकदार बाबूजी ही हैं।

मैं और मेरी बहिन नम्रता चित्र बनाते और रंगों को भरते। पर उनकी पारखी नज़र ने परखा, और एक अच्छे चित्रकार की तलाश करने में लग गये। पचमढी सन् 1978 में ट्रान्सफर होकर अमृतसर आये, और इत्तिफाक से बी एड कोलिज में राय अंकल से मुलाकात हुई। जहाँ पता चला कि उनकी 86 वर्षीय माताजी ना केवल कलाकार हैं अपितु सिखाती भी हैं।

बस बाबूजी ने रविवार को दो घंटों की क्लास चालू करवा दी; हाँ ये सच है कि जहाँ नम्रता तन्मयता से सीखती थी वहीं मैं खूब डांट खाती, कारण मेरा पूरा ध्यान खेलने की ओर होता।

बहरहाल वो 12-13 साल की उम्र में पाई तीन वर्षों की चित्रकला जीवन से जुड़ गयी। इलाहाबाद जब 1989 नवम्बर को ट्रान्सफर हुआ तो महिला पोलीटेक्रीक से डिप्लोमा लेने का मौका मिला, सच कहूँ बाबूजी को मौका मिला मुझे डिग्री कराने का।

हाँ बीएड कॉलेज सागर 1988-89 में ऑपरेशन ब्लैक बोर्ड प्रशिक्षण

के लिए एक समूह आया जिसमें राय अंकल भी थे। मैं अपने को रोक ही नहीं पाई, जाकर पूछ बैठी

"अंकल माताजी कैसी है?"

वो अवाक देखते हुए, शायद पहचानने की कोशिश करते हुए बोले

"अब नहीं है"

फिर बोले "मैंने पहचाना नहीं"

अंकल अनिता हूँ, माताजी से पेन्टिंग सीखती थी। जब बाबूजी का परिचय दिया तो बोले दस साल में सब बदल गया है, तुम बड़ी हो गयी; फिर सीधे बाबूजी को पूछा, सभी की कुशलता पूछी और घर भी आये। आज सोचती हूँ कैसे भावातिरेक में अंकल बोल दिया वो तो सर थे और मैं शिक्षिका की ट्रेनिंग ले रही थी। देखो लिखते हुए अहसास हुआ ये कला भी तो बाबूजी की देन है। उन्होंने डायरी लिखना सिखाया। अपने विचारों को लिखने की कला दी। चाचाजी को जबलपुर पत्र लिखवाते, और भावनाओं को शब्दों में पिरोना सिखा दिया। पिताजी बच्चों को क्या खज़ाना सौंप देते इसका भी आज एहसास हो रहा। मन करता तुरन्त उनसे कहूँ पर अफसोस वो बहुत दूर चले गये। नहीं वो मुझमें ही हैं। मेरी हर सांस मे।

अनुक्रम

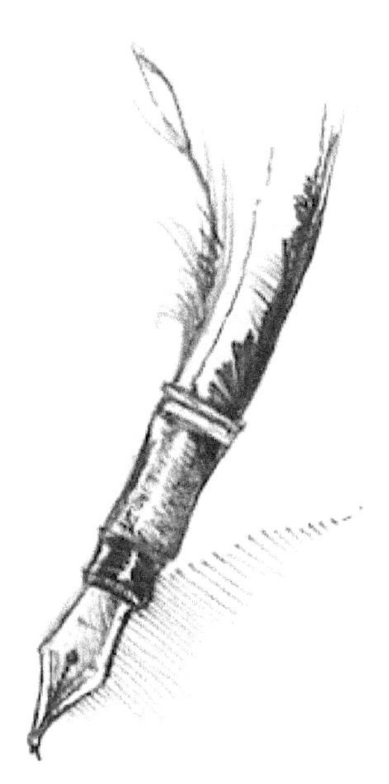

मेरे बाबूजी श्री जगदीश प्रसाद पाण्डेय

11 नवम्बर 1936 - 13 जून 2018

एक गरीब परिवेश में पले-बढ़े, अपनी मेहनत और पारिवारिक जिम्मेदारियों को निभाते हुए एक सफल ईमानदार व्यक्ति रहे। ऐसे पिता को पाकर मैं धन्य हूँ।

माँ की मृत्यु बारह वर्ष की आयु में हो गई उस समय छोटे भाई की आयु छः वर्ष थी। पिता कुछ सम्भल नहीं पाये। वे बिहार के आरा जिले के बबुरा गाँव के निवासी थे। पारिवारिक विवाद के चलते घर-बार छोड़कर जबलपुर आये तो यहीं बस गये हाँ उनके बड़े भाई भी जबलपुर आये और यहीं रहे। मेरे दादाजी का नाम था महेश प्रसाद पाण्डेय, मेरे पिताजी श्री जगदीश प्रसाद पाण्डेय उनके बड़े बेटे और बद्रीप्रसाद पाण्डेय उनके छोटे बेटे थे। बाबूजी का जन्म 18 नवम्बर 1936 को हुआ और मृत्यु 13 जून 2018 को हुई। महेश प्रसाद पाण्डेय नगर निगम जबलपुर में नौकरी करते थे। माँ की मृत्यु के बाद रिश्तेदार के रूप में नाना-नानी थे जिन्होंने अपनी इकलौती बेटी के दोनों बेटों को पाला। नाना की परवरिश ने आत्मविश्वास जगाया, वे मेहनती तो थे ही आत्मनियन्त्रण भी गजब का था। दुर्व्यसन उन्हें छू भी नहीं पाया। जल्दी ही नाना के कार्यों में हाथ बँटाने लगे। घर में गाय-भैंस थी सुबह सानी बनाना, गोबर उठाना, गाय दोहना दूध लोगों के घर

तक पहुँचाना, तैयार होकर स्कूल जाना और छोटे भाई को तैयार कर स्कूल ले जाना। स्कूल से लौटकर यूनिफॉर्म धोकर डालना, पढ़ाई करना और छोटे भाई को पढ़ाना फिर शाम को गाय भैंसों का काम और दूध देने जाना। हाँ अपने लिए समय वे कैसे निकालते थे, वो पता नहीं पर क्रिकेट, हॉकी खेलने ग्राउंड पर जरूर जाते थे। वे क्रिश्चियन स्कूल में पढ़ते थे। बाद में उसी स्कूल में लैब असिस्टेंट का काम भी किया। हाँ छोटे भाई को शर्म आती थी उनके कार्य पर, बाबूजी ने कभी किसी काम को छोटा नहीं समझा। वे भगवान टॉकीज में टिकट बेचने की नौकरी भी करते थे। अपनी पढ़ाई की फीस का इंतजाम भी स्वयं करते। उनके लेख 'पिंडारियों का दमन' और 'ठगी का रहस्य' समाचार पत्रों में धारावाहिक रूप से प्रकाशित होते थे उनकी प्रतिभा से प्रभावित होकर मिस्टर क्रिमेन्टल (एक अंग्रेज थे, जो भारत में ही रहे) अंग्रेजी पढ़ना, बोलना, सिखाने लगे। बाबूजी की अंग्रेजी बहुत अच्छी थी। उन्होंने पॉलिटेक्निक से ड्राफ्टमैन और ट्रेसर का डिप्लोमा लिया, बाद में सिविल इंजीनियरी भी की। अपने हम उम्र दोस्तों को पढ़ाते भी थे। हाँ उनको पढ़ाते-पढ़ाते बी.ए., एम.ए., एल.एल.बी. भी अव्वल दर्जे से पास की वे एम.पी.ई.बी. में नौकरी करने लगे। एक दिन उनके मित्र "जो" ने आकर बताया कैन्टोन्मेंट में जगह निकली है, तुम भर दो। और बाबूजी ने कैन्टोनमेन्ट बोर्ड में फॉर्म भरा; नौकरी की। वहाँ से जो जीवन का सफर आगे बढ़ा तो उन्होंने कभी पीछे मुड़कर नहीं देखा। कैन्टबोर्ड में मिस्टर कुमाहरन सी.ई.ओ. आये उन्होंने बाबूजी की प्रतिभा देखकर सी.ई.ओ. की परीक्षा देने के लिये कहा- बाबूजी ने अपनी कड़ी मेहनत से परीक्षा पास की और सी.ई.ओ. बना गये। पहली पोस्टिंग थी दगशाई-जितोग (हिमाचल प्रदेश) सन् 1974 अधिशासी अधिकारी पद में आने के बाद मजाल है कि कोई लालच उन्हें उनके उसूलों से डिगा भी पाया हो। वे आजीवन ईमानदार रहे। हाँ आर्थिक तंगी भी आई पर उसका सामना करना वे बचपन से जानते थे।

स्ट्रीट लाइट

उन दिनों घरों में बिजली नहीं थी, कुछ एक धनिक परिवार में ही बिजली, कार हुआ करती थीं। बाबूजी स्ट्रीट लाइट में पढ़ाई करते थे। हाँ सरस्वती की कृपा तो थी ही अपने हम उम्र दोस्तो को परीक्षा के समय पढ़ाया करते, पारिश्रमिक मिलता। उनके घरों में बिजली टेबिल कुर्सी और हाँ जब उन्हें भूख लगती तो खाना।

कुछ नशे के शौकीन थे, वे पीते और खाने को नमकीन लाते। बाबू जी नशे से दूर थे इसलिए बाबूजी के लिए चाय और नमकीन आता।

आज भी सुरेन्द्र पाण्डेय चाचाजी याद करते हैं। उनके पिता सर्जन थे और जाहिर सी बात है बेटे को भी डॉक्टर ही बनाना चाहते थे। उन दिनों भी 10th+2 प्रणाली थी। सभी विज्ञान के छात्र, अग्रेजी और पढ़ाई में होशियार थे। बाबूजी ने ट्रेसर ड्राफ्टिंग का डिप्लोमा कला निकेतन जबलपुर से किया। मिश्राजी (आजा) से नक्शा बनाना सीखा। सिविल इन्जीनियरिंग में डिप्लोमा लिया। फीस के पैसे भी स्वयं की मेहनत से कमाते।

जहाँ बाबूजी मन लगाकर पढ़ते वहीं उनके मित्र शौक करते।

इन्जीनियर बनने के बाद बाबूजी प्राइवेट नक्शे बनाकर कमाते और साथ ही उनको कॉलेज की पढ़ाई में मदद करते। वे कितने जिम्मेदारी से पढ़ते तो नहीं पता पर इन्जीनियर साहब ने बी.ए., एम.ए. की डिग्री ले ली।

उनको पढाते-पढाते फार्म भी भरे परीक्षा भी दी। लड़को को गाड़ी चलाने का शौक होता है, बाबूजी के पास साइकिल भी नहीं थी पर सुरेन्द्र चाचाजी के पिताजी की कार चलाने लगे। सुरेन्द्र चाचाजी डॉक्टर तो नहीं बने पर दवाई की दुकान जरूर खोल ली, जो आज भी है। मैंने लिखते समय कहीं कोई अतिशयोक्ति नहीं की। जो बाबूजी और उनके मित्र मिलने पर पुरानी बातें करते, वही लिखा है।

विवाह

आज भी हमारे घर के पीछे मिश्रा परिवार रहता है। वहाँ आजा-आजी रहते थे हमको बाबूजी ने आजा-आजी बुलवाया तो नाम नहीं पता पर आजा यानि दादा। आजा बाबूजी को बड़े बेटे की तरह मानते थे वे बाबूजी के साथ लड़की देखने घंसौर गए। उस समय लड़का-लड़की देखने का प्रचलन नहीं था तो उन्होंने सभी तामझाम किये पर लड़की दिखाने से मना कर दिया। अब बाबूजी जो कि 18 वर्ष के थे, कहने लगे हम लड़की देखकर ही शादी करेंगे। उनको लगा कहीं लड़की में कोई कमी तो नहीं है, जो दिखा नहीं रहे। परन्तु लड़की वाले नहीं माने और बाबूजी अपनी जिद्दवश उठकर चले आये। बस से जबलपुर लौट रहे थे कि बीच में घुमाव पड़ा वहाँ मिल गए मेरे नाना (नित्यानन्द तिवारी) जोकि तत्कालीन चालीस गांवों के जर्मीदार के पुत्र थे। उन्होंने बातों ही बातों में जाना और घर चलकर बेटी देखने की प्रार्थना की। पहुँच गए बाबूजी आजा के साथ उनके घर। उन दिनों हलवा ही प्रचलन में था, अम्माजी की उम्र थी तेरह वर्ष शुद्ध घी का मेवों से भरा हलवा लेकर, अस्तव्यस्त सी साड़ी में, अल्हड़पन से कटोरी बाबूजी की ओर बढ़ाकर बोली--- ऊँह ! और बात बन गई। जिसके किये बाबूजी हमेशा

चिढ़ाते--- "क्योंजी ऊँह, हलुआ खिलाकर फंसा लिया"

चूँकि जमींदार परिवार था तो बात अटकी लड़के के खानदान पर। नाना के पिताजी बोले एक तो भरा पूरा परिवार नहीं है, उस पर लड़का पढ़ा लिखा अंग्रेजी बोलता है। उन दिनों पढ़े लिखे लड़के बिगड़े हुए माने जाते थे। पर नाना नहीं माने और विवाह हो गया।

अम्माजी पर पूरे घर की जिम्मेदारी आ गई। गर्व इस बात का है कि अम्माजी ने बाबूजी का हर पल साथ निभाया। गजब की आपसी समझ थी। मैंने कभी उन्हें लड़ते नहीं देखा। परछाई की तरह जीवन संगिनी रही।

शादी के पाँच वर्ष बीत गए पर सन्तान सुख से वंचित थे। पर बाबूजी चिन्तित थे कि नहीं; हाँ उनकी नानी जरूर चिन्तित रहने लगी। नानी की आस्था बन्दकपुर के शिव मंदिर में असीम, अटूट थी वे वहाँ पहुँच गई और पूजा-पाठ किया प्रार्थना, मनौती मानकर आई, संयोगवश 2 नवम्बर 1961 को कन्या की प्राप्ति हुई। बाबूजी पुत्री को पाकर अपार प्रसन्न हुए और नाम रखा-- सोना। चाचाजी ने नाम दिया--- गुड्डो, अम्माजी और नाना-नानी की गुड़िया। पड़ोस में रहने वाली बुआजी ने नाम रखा "सुनीता"। घर की रौनक, और सभी के आकर्षण का केन्द्र बनी बाबूजी की सोना।

बाबूजी बहुत ही सबल व्यक्ति थे शारीरिक और मानसिक रूप से। उनमें गजब का आत्मनियन्त्रण था। जो ठान लिया तो तभी दम लिया जब वह पूरा करते। उन्हें कोई रंचमात्र भी डिगा नहीं पाया। उन्होंने कभी किसी कार्य को छोटा नहीं समझा, खूब मेहनत करते। हाँ उन पर श्री अरविन्द की साधना का बहुत असर था। वे कर्मकाण्ड से दूर ध्यान, जप, नाटक हमेशा करते। और हाँ जो उन्हें बचपन में नहीं मिला, वो पुरजोर कोशिश करते हमें देने की। उनका सादा जीवन रहा। समय के पाबन्द रहे सुबह जल्दी उठना, योगासन, सूर्यनमस्कार और तब

दैनिक कार्य होते। शाम को ऑफिस से आकर हमें पढ़ाया करते। रात्रि भोजन समय पर, भोजन उपरांत टहलने जाते और समय से सोते। ये दिनचर्या आजीवन रही। उनका भोजन सादा होता। मिर्च, गरम मसाला, प्याज, लहसुन कभी नहीं खाया। वे हमारे परिवार के विशाल वट वृक्ष थे। व्यक्तित्व से साधु समान। हमेशा सकारात्मक ऊर्जावान व्यक्तित्व था। पुराने तकियानूसी ख्यालों से दूर, पर्दा प्रथा के विरोधी। वे कहते थे सलीके के कपड़े होने चाहिए जो शरीर को पूरा ढंके। सलवार सूट ही पहनने को कहते। शादी के बाद अम्माजी के लिए लाये भी पर उन्होंने नहीं पहना। वे कहते थे साड़ी के ब्लाउज छोटे-छोटे और गला बड़ा पहनती हैं महिलाएं जो बड़ा बेढंगा लगता है। उन्होंने अपनी बहुओं से कभी पर्दा नहीं करवाया। वे हमेशा कुछ अच्छा पढ़ने को कहते। हाँ फैशन के अनुसार कटे-पिटे, छोटे कपड़े कभी पसन्द नहीं आये उन्हें।

हम बेटियों को कभी बेटों से कम नहीं आँका। कभी कोई रोक-टोक, बंदिश नहीं रखी। वे पढ़ने और आगे बढ़ने को प्रोत्साहित करते रहते।

स्वयं अपनी मेहनत से कमाकर फीस भरी पर श्याम मामा को स्नातक तक पढ़ाया अपने घर रखकर; अम्माजी, मौसीजी को मैट्रिक और सिलाई सिखाई। तीसरे नम्बर के मामा को (शिवरामानन्द) को भी अपने घर में रखकर पढ़ाया। दूसरे नम्बर के मामा सच्चिदानन्द नहीं रहे पर उनके दोनों बेटे सचिन, नितिन घर में रहे और क्रमशः बी.ए., एल.एल. बी. करवाई।

सशक्त चरित्र दृढ़ संकल्प

बाबू जी का चरित्र यदि मैं महान साधू सा कहूँ, तो कुछ गलत नहीं है। वे हमारे परिवार के वट वृक्ष के समान विशाल व्यक्तित्व रहे। उनमें गजब का आत्म-नियंत्रण था। यदि ठान लिया तो कोई रंचमात्र भी डिगा नहीं पाया। मेहनत बचपन से रगों में थी। कभी भी किसी काम को छोटा नहीं समझा। व्यक्तिगत रूप से कभी व्यसन उन्हें छू भी नहीं पाया। हाँ, कर्मकाण्ड से दूर मानसिक पूजा, जप, ध्यान, ताटक करते थे। मैंने जीवन में उन्हें कभी किसी चीज का शौकीन नहीं देखा। साधारण जीवन जीते, हमेशा समय की कद्र करते, समय के पाबंद थे। जो जीवन में उन्हें नहीं मिला वो सब हम बच्चों को देने के लिए हमेशा पुर-जोर कोशिश करते।

मैंने उनको आराम करते, समय बर्बाद करते नहीं देखा। सुबह जल्दी उठना नियम था। सूर्य नमस्कार, योगाभ्यास आजीवन दिनचर्या रही। रात को समय से भोजन, रात्रि को टहलना व समय से सोना। कभी कोई उन पर उँगुली नहीं उठा पाया। मैं ऐसे साधु-तुल्य परूष की बेटी होने पर फख्र करती हूँ।

सदा जीवन उच्च विचार

बाबू जी पर्दा-प्रथा, पुराने रीति रिवाज के सख्त खिलाफ रहे। आदर दिल से, आँखों से होना चाहिए। साड़ी का पहनावा उन्हें भाया नहीं। कहते थे, महिलायें ब्लाउज छोटे और गले बड़े पहनती हैं, सलीका ही नहीं है। सलवार-कमीज कायदे की महिलाओं पर अच्छी लगती हैं, कारण कि शरीर पूरा ढका रहता है। उनको कटे-फटे छोटे टाइट कपड़ों से चिढ़ थी। अम्मा जी को सूट पहनने को कहते, शुरुआत में लाये भी पर उन्होंने नहीं पहने। बहुओं के सूट पहनने पर कभी कोई एतराज नहीं किया,पर्दा-प्रथा के खिलाफ थे। जाहिर है कि उन्होंने कभी पल्लू लेने को भी नहीं कहा। हाँ, कहते बेटा हमेशा कुछ अच्छा पढ़ा करो। बहुओं को बेटी ही माना। हम बेटियों को कभी भी बेटों से कम नहीं आँका। कभी कोई बंदिश नहीं रखी।

उनकी परवरिश पर कहूँ तो हम सभी बहनों को फख्र है। बाबू जी जैसे पिता मिले, जो हमेशा सादा जीवन, उच्च विचार, ख्वाहिशें कम रखने की सीख देते। दिखावा क्यों? वो अक्सर कहते, परिवार में पारदर्शिता होनी चाहिए।

अम्मा जी के भाई (श्याम मामा) को अपने घर रखकर पढ़ाई

करवाई मैट्रिक की। अम्मा जी, मौसी जी को मैट्रिक कराई, सिलाई सिखवाई। सबसे छोटे मामा को अपने घर में रखकर जी. सी. एफ. की ट्रेनिंग करवाई। हाँ, बचे बीच वाले मामा तो वे तो नहीं रहे पर उनके दोनों बेटों को अपने पास रखकर बी. ए. ,एल. एल. बी. कराया। गीता की सहेली नर्मदा के पिताजी स्नातक नहीं करवा रहे थे, तो गीता मेरी बड़ी बहन के कहने पर अपने घर रखकर ना केवल स्नातक बल्कि स्नातकोत्तर करवाया।

भाइयों में अटूट प्रेम

चाचा जी और बाबू जी में अपार प्रेम था। आपसी समझ बहुत अच्छी थी ऐसा अटूट विश्वास और प्रेम बिरले ही परिवारों में देखने को मिलता है। जहाँ चाचा जी बाबू जी की दुनिया थे, छोटे भाई और बेटे समान, वहीं चाचा जी के लिए उनके बड़े भैया सब कुछ थे। कोई उन्हें कुछ कहता तो तपाक से कहते - 'बड़े भैया हैं ना' दोनों भाई एक-दूसरे के पूरक थे एक जिम्मेदार था और दूसरा मस्त स्वभाव का। बाबू जी एक-एक पैसे की और समय की कद्र करते और चाचा जी मस्त-मौला, खर्चीले।

मुझे याद है हालाँकि मैं उस समय बहुत छोटी थी, बाबू जी चाचा जी को डाँट रहे थे 'बद्री तुम कब अपनी जिम्मेदारी समझोगे'। फालतू खर्च और समय बर्बाद करने पर डाँट रहे थे और चाचा जी बैठे सुन रहे थे। उन्होंने कभी बाबू जी को पलटकर जवाब नहीं दिया। हाँ, ज्यादा समय तक डाँटते बाबू जी तो अक्सर अम्मा जी बीच में आकर चाचा जी का पक्ष लेतीं। होता ये कि, डाँट की चपेट में वे भी आ जातीं, उनको भी डाँट पड़ती और शह देने, बिगाड़ने का आरोप लगता। तब चाचा जी बड़ी मासूमियत से कहते "बड़े भैया, भाभी को मत डाँटो,

आप तो मुझे डाँट रहे थे'। बस बाबू जी हँसने लगते और कहते- 'तुम देवर-भाभी एक-दूसरे को बचाओ'। चाचा जी अम्मा जी हम-उम्र थे पर इज्जत तो बड़ी भाभी की माँ समान ही करते।

रविवार व छुट्टी के दिन गीत-संगीत

रविवार या छुट्टी के दिनों में शाम को गीत-संगीत की महफिल जमती। शाम के समय पड़ोस में रहने वाले चन्नी भैया (चन्द्रप्रकाश असीन) बैंजो ले आते। बद्री चाचा की बाँसुरी और टेबिल का तबला अनिल चाचा सँभालते और बाबू जी गाना, भजन गाते। बाबू जी, चाचा जी बहुत अच्छा गाते थे सुर में, ईश्वर की कृपा से उनकी आवाज भी अच्छी थी। मुझे याद है चाचा जी और हाँ, 2018 तक मैली चादर ओढ़ के 'कैसे द्वार तिहारे आऊँ' मैंने बाबू जी के मुँह से सुना है। वे पुरानी फिल्मों के गाने भी बहुत उम्दा गाते थे। आखिरी बार दीपू (दीपू मेरा छोटा भाई 'अभिनेष') और बाबू जी की जुगलबंदी भी 2017-2018 में सुनी। चाचा जी, बाबू जी का चेहरा आज भी गाते हुऐ आँखों के सामने आता है।

ये कला दोनों भाईयों की उनके बच्चों में भी आई और आज हमारे बच्चों में। वे गाते हैं, नृत्य भी करते तबला, गिटार आदि भी बजाते हैं।

चाचाजी का विवाह 1966

चाचा जी की शादी 1966 में हुई, हमारी ही मौसी जी से। ये किस्सा भी रोचक है- मौसी जी की शादी कहीं अन्यत्र जगह तय हुई और शगुन लेकर नाना और सभी रिश्तेदार गये पर ऐन वक्त पर लड़के को फिट (दौरा) आ गया। सभी सकते में आ गये, हालाँकि लड़के वालों ने बहुत कोशिश की छुपाने की पर सच ज्यादा समय छुपाया नहीं जा सकता। पता चला अक्सर फिट (दौरा) आते हैं, और कभी भी आ जाते हैं।

नाना ने निर्णय लिया कि यहाँ विवाह नहीं करेंगे उनके अपने लोगों ने बहुत दबाव भी बनाया। बदनामी होगी, कहीं अच्छी जगह लड़की का विवाह नहीं होगा। उन दिनों शगुन लौटाना अच्छा नहीं मानते थे, पर नाना नहीं माने और घर लौट आये। कुछ दिनों बाद जबलपुर आये तो मायूस थे एकाएक बाबू जी की नानी बोली 'गायत्री की शादी बद्री से क्यों नहीं कर देते'। नाना को बात जमी और बाबू जी से बात हुई उन्होंने कह दिया, 'मुझे कोई ऐतराज नहीं पहले बद्री से पूछो'। चाचा जी के राजी होते ही बाबू जी ने आर्यसमाज मन्दिर से दोनों की शादी करवाई और अपनी जेब से सवा रूपये नाना के हाथ में रखते हुए

बोले कन्यादान करिये।

ऐसे विचारों के थे हमारे बाबू जी। हाँ, ये सही है कि हम लोग न कभी मौसी जी को चाची जी कह पाये और ना कभी चाचा जी को मौसा जी। जबकि दोनों ने बहुत कोशिश की एक-दूसरे को चिढ़ाने की। पर वे चाचा जी व मौसी जी ही रहे।

मुझमें अपनी माँ की छवि देखते

जब भी मैं बाल धोकर खुले रखती वे हमेशा बड़े प्यार से सिर पे हाथ रखते और कहते, 'अनु तेरे बाल एकदम मेरी माँ जैसे सुनहरे हैं'। तामिया और रेशम जैसे हैं। तेरा रंग एकदम मेरी माँ जैसा गोरा और उन्हीं के जैसे लम्बाई है उनका नाम तो 'रामप्यारी' था पर सभी उन्हें 'भूरी बाई' कहते थे। वो खूब अच्छा भजन गाती थीं जहाँ भी कुछ भजन होते उन्हें बुलाया जाता। वो भक्त तो थीं ही पर अच्छी महिला थीं। बच्चों के जन्म के समय भी उन्हें बुलाया जाता।' हमारे घर के पास जो श्रीवास्तव परिवार है, उनकी माताजी मेरी दादी की मित्र थीं वो उनको अच्छे से जानती थीं। मुझे मौका मिलता और मैं आभा की माँ के पास जा बैठती वो बतातीं कि उनकी डिलिवरी दादी ने ही की थी उनका हाथ बहुत अच्छा था। मोहल्ले वाले उन्हें बच्चे के जन्म के समय बुलाया करते थे।

मिश्राजी के बेटे (रवि चाचा) की शादी

रवि चाचा की माँ और पिता जी, चूँकि बाबू जी को बड़े बेटे की तरह मानते थे अतः परिवार में कोई दिक्कत हो उन्हें बुलाते। रवि चाचा की शादी तय हुई और सगाई भी हो गयी। शादी की सभी तैयारियाँ चरम पर थीं कि तभी चाचा जी को किसी ने बता दिया कि लड़की काली है, चेचक के दाग हैं और आवाज भारी है। बस चाचा जी शादी नहीं करने की जिद करने लगे। परेशान होकर आजा आये और बाबू जी को घर ले गये। बाबू जी के समझाने का जब रवि चाचा पर कोई असर न हुआ तो बाबू जी ने उनकी पिटाई कर दी। फिर तो हर रस्म बाबू जी ने खड़े होकर करवाई। हाँ शादी के बाद चाची जी को पत्नी रूप में स्वीकार करने में काफी समय लगा।

1974 अमरेश (मनु) छोटे बेटे का जन्म और बदलाव

20/2/1974 मनु (अमरेश) का जन्म समय से पहले हुआ और वह बहुत कमजोर, नीला पैदा हुआ। एक तरफ जिन्दा रहेगा कि नहीं ये संकट था कि तभी डॉक्टर ने कहा 'बच्चे के घुटने विकसित नहीं हैं, अपंग रहेगा'। मनु के दोनों पैर उसके कँधे पर रखे रहते थे। मौसी जी ने कहा, 'ऐसा बच्चा रहना बेकार है'। पर बाबू जी में एक बदलाव आया। वे जबलपुर 'श्री अरविंद सोसायटी' में जाने लगे। या यूँ कहूँ ध्यान, प्रार्थना बढ़ती गयी। तभी नवम्बर में बाबू जी की, CEO बनकर दगशाई, जतोग पोस्टिंग हो गयी। हम बच्चों को जानकारी नहीं थी पर बाबू जी मनु पर पैनी नजर रखते थे जब वो पहली बार घुटने के बल उठा तो बाबू जी की प्रसन्नता का कोई ठिकाना न रहा और जब घुटने-घुटने चला तो बाबू जी की ईश्वर के प्रति आस्था, विश्वास बढ़ने लगा। फिर मनु दीवार पकड़कर खड़ा हुआ तो बाबू जी की आशा बढ़ गयी व भक्ति और प्रबल हो गयी। और एक दिन शाम के समय जब मनु अपने आप चला और पास पड़ी फुटबॉल में लात मारी, बाबू जी बच्चों की तरह खुश हुऐ और इतने प्रसन्न हुऐ कि आँखों से आँसू बहने लगे। फिर तो बाबू जी का श्री माँ और श्री अरविंद में विश्वास और अटूट बढ़ता गया।

दगशाई (हिमांचल प्रदेश) की वो ठण्डी रात

वो ठण्डी रात जब हम सोये हुऐ थे कि रात्रि में बाबू जी किसी कारण उठे, खिड़की पर नजर पड़ते ही हम सभी को उठाकर बरामदे में ले गये। पहले तो कुछ समझ नहीं आया पर... जब देखा तो ठगे से खड़े रह गये

आसमान से पानी गिरते तो देखा था पर बर्फ गिरते पहली बार देख रहे थे। चारों ओर रुई सी सफेदी बड़े आश्चर्य और कौतूहल भरी थी।

नमो पहली कक्षा में थी पर वो डरपोक थी अपनी कक्षा में नहीं जाती और मेरे साथ दूसरी कक्षा में बैठती। होशियार तो थी ही, स्पेशल परमिशन लेकर उसको पहली और दूसरी की परीक्षा दिलाई गयी और उसने प्रथम श्रेणी में पास की। यहाँ से मेरे अंदर एक हीनभावना घर कर गयी कि लोग सोचेंगे मैं फेल हुई होंगी जब कोई नाम और कक्षा पूछता, मैं पूरी घटना भी बताती कि कैसे हम दोनों एक कक्षा में आये।

दगशाई और चाचाजी

1975 को चाचा जी दगशाई घूमने आये, साथ था छोटा-सा सोनू। हम सभी बहुत खुश थे, एक दूसरे से मिलकर और बाबू जी की खुशी देखते ही बनती थी। चाचा जी की शादी के 10 साल बाद सोनू हुआ था। हम सभी खूब घूमे, खूब मस्ती की। चाचा जी रात में सुन्दरकाण्ड पढ़कर ही सोते थे। वे रात को सुन्दरकाण्ड पढ़ ही रहे थे कि अचानक उनको फिट (दौरा) आ गया। सभी घबरा गये, डॉक्टर आया। थोड़ी देर में चाचा जी होश में आ गया, फिर उनके सभी टैस्ट हुऐ। ब्लडप्रेशर हाई निकला, उनका बी.पी. हाई ही रहता था खानपान में कोई परहेज नहीं करते थे। अव्यवस्थित दिनचर्या थी और हमेशा रही। इसके लिए बाबू जी जितनी चिन्ता करते थे, चाचा जी उतना मस्तमौला रहते, तला-मसालेदार खाते। वे सिग्रेट बहुत पीते थे जो उनके लिए जहर थी। बाबू जी को चाचा जी की चिंता रहने लगी हमेशा उनके लिऐ प्रार्थना करते। बाबू जी पूरी तरह घर, ऑफिस और ध्यान, जप करने लगे, उनका जीवन साधु सा हो गया था। CEO की पोस्ट पर रहते हुऐ भी वे एकदम ईमानदार रहे, जीवन सादगी भरा रहा। उनके जीवन में एक के बाद एक मुसीबतें आती रहीं पर उनके साहस को न

डिगा पाईं।

दगशाई में घर के पीछे सेब का बगीचा था जहाँ से कच्चे-पक्के सेब तोड़कर खाते थे, सामने नाशपाती, अखरोट का बड़ा सा पेड़ था खुबानी, आडू परिसीमन लगे थे, ये फल खट्टे-मीठे तोड़कर खाने का मजा ही अलग था।

जालन्धर 1976

हम सभी जालन्धर ट्रांसफर होकर आ गये थे। बहुत बड़ा बँगला था, आधा बँगला बंद ही कर दिया था। बहुत सुंदर फूलों-फलों का बागीचा, किचन-गार्डन भी था। दीपू का SD MODEL स्कूल में एडमिशन हुआ। चाचा जी की तबियत खराब रहने लगी, इलाज का खर्च बढ़ गया और बाकी जीवन में कोई बदलाव नहीं आया और एक दिन चाचा जी ने पत्र में लिखा कि वे अपना हिस्सा बेचना चाहते हैं। बाबू जी पत्र पढ़कर एकदम चुप बैठ गये। अम्मा जी के पूछने पर बोले 'इस जमीन को माँ ने बचाने के लिए कितना कष्ट सहा और बद्री बेचना चाहता है।' फिर एक दिन बाबू जी ने एक पॉवर ऑफ एटार्नी बनाकर चाचा जी को दे दी कि वो प्लाट मत बेचो, मैंने स्नेह नगर में एक प्लाट खरीदा है जो मेरा व्यक्तिगत प्लाट है, उसे बेच दो। और इस तरह बाबू जी ने दादी के माता-पिता का प्लाट बचाकर चाचा जी के उत्तराधिकारी तक पहुँचाया। बाद में पता चला कि रवि मिश्रा को चाचा जी ने प्लाट बेचा है। अम्मा जी के जेवर जरूरत पड़ने पर दीक्षित दादा के यहाँ गिरवी रखकर पैसे उधार लिये थे, जो बिक गये थे।

1978 चाचाजी की मृत्यु अमृतसर से पंचमंढ़ी

बाबू जी का ट्रांसफर नवम्बर 1977 को अमृतसर हो गया। हम लोग जालन्धर में ही दो या तीन महीने रहे। बाबू जी कड़ाके की ठण्ड में सुबह अमृतसर के लिऐ निकलते और देर रात लौटते। हमारी वार्षिक परीक्षा के बाद, हम सभी अमृतसर शिफ्ट हो गये। मजीठा रोड पर स्थित अलंकार होटल (जो कभी होटल था) तब हमारी कॉलोनी थी। दीपू 'केंद्रीय विद्यालय' में पढ़ने लगा और मनु ने स्कूल का प्रारम्भ किया 'पैंथर कॉन्वेंट स्कूल' से। एक साल अच्छे से बीता। 1978 में 18 अगस्त राखी के दिन चाचा जी के दूसरे बेटे का जन्म हुआ। हम लोगों ने सोनू के लिऐ राखी भेजी थी। चाचा जी की चिट्ठी आई तुम लोगों का कल्लू भैया आया है, तुमने राखी नही भेजी चलो मैंने लेकर तुम सबकी तरफ से बाँध दी। बाबू जी एम.ई.ओ. की ट्रेनिंग के लिऐ दीवाली के बाद दिल्ली चले गये तीन महीनों के लिऐ। जो दिसम्बर को पूरी होनी थी। पर अम्मा जी को पता नहीं क्या हुआ, वे सैनिटरी इंस्पेक्टर को बुलाकर दिल्ली चली गयीं। नवम्बर के अंत में घर में हम तीनों बहनें अकेली थीं। मनु चार वर्ष का था दीपू पाँच या साढ़े पाँच वर्ष का रहा होगा। बाबू जी को भी यूँ अचानक अम्मा जी के आने से बड़ी हैरत हुई कि छोटे लड़कों को लेकर दिल्ली आ गयीं। फिर

जबलपुर जाने की जिद करने लगीं। जब जबलपुर का रिजर्वेशन, दो दिनों तक कोशिशों के बाद भी नहीं मिला तो बाबू जी ने समझाया वापस अमृतसर चली जाओ, पर तभी जबलपुर का रिजर्वेशन मिल गया। अम्मा जी 1 दिसम्बर 1978 को जबलपुर स्टेशन पहुँची, जहाँ चाचा जी उनको लेने आये थे। 3 दिसम्बर को श्याम मामा ने सभी का खाना किया था क्योंकि 4 दिसम्बर को अम्मा जी का लौटने का रिजर्वेशन था। पर... 3 दिसम्बर को रवि मामा के घर में लौटने के बाद जो चाचा जी की तबियत बिगड़ी तो फिर सँभली नहीं। 3 दिसम्बर को चाचा जी को फिट (दौरा) आये और हालत बिगड़ गयी ठण्ड की रात न कोई डॉक्टर घर आने को तैयार हुआ और न ही कोई टैक्सी-रिक्शा मिला। पर आड़े वक्त में पूरा मोहल्ला एक होकर कोशिश करता रहा। आखिर एक टैम्पो मिला जिससे 'विक्टोरिया अस्पताल' पहुँचे। पर वहाँ न डॉक्टर था न ही कोई पलंग खाली। 4 तारीख की सुबह साढ़े तीन-चार बजे तक कोई इलाज न मिला। फिर किसी तरह डॉक्टर आये और कमरा मिला तो 13 नम्बर पलंग मिला। मन में डर बैठ रहा था, जिस टैम्पो से लेकर आये बीच रास्ते में उसका पेट्रोल खत्म हुआ और वो बंद हो गया, आते में बिल्ली ने रास्ता काटा। सब अपशगुन एक के बाद एक। बाबू जी को दिल्ली तार भेजा गया और वे 5 दिसम्बर की सुबह सीधे अस्पताल पहुँचे। 4 दिसम्बर को ब्रेन हैम्ब्रेज हुआ था जो कंट्रोल भी किया गया पर लगातार फिर से दूसरा हैम्ब्रेज हुआ, फिर वो बचाये न जा सके। बाबू जी ने अस्पताल पहुँचकर चाचा जी के सिर पर हाथ फेरा और कहा था, 'बद्री' तभी चाचा जी ने (जो किसी को पहचान भी नहीं रहे थे) कहा- 'बड़े भैया, अब छोड़ दो' और चाचा जी 5 दिसम्बर 1978 को सुबह अंतिम विदाई ले गये। बाबू जी ने ही अंतिम संस्कार किया। सोनू उस समय तीन साल का और मोनू तीन महीने का था। हम लोगों को लेने श्री निवास मामा आये। उन दिनों जबलपुर से अमृतसर जाने में तीन दिन लगते थे। हम लोग तेरहवीं के

एक दिन पहले ही पहुँच पाये थे। मैं पांचवी कक्षा में थी कुछ समझ नहीं आया, पर इतना जान पाई कि चाचा जी मर गये हैं और अब कभी भी नहीं लौटेंगे।

1979- बाबू जी ने चाचा जी का सारा पैसा मौसी जी और बच्चों के नाम जमा करवाया। मौसी जी की सेफ्टी के लिए पीछे दीवार खिंचवाई और पक्की लैट्रिन बनवाई। तब चाचा जी के मित्र नन्दू चाचा ने बाबू जी से कहा, 'भैया ये बद्री के पैसे से बनवा रहे? भाभी और बच्चों का भविष्य?' तब बाबू जी ने जवाब दिया, 'ये मेरे खर्चे से बन रहा है'। क्रिमेन्टल अंकल दोपहर को आये और बाबू जी से बोले 'मुझे पता है तुमको इस समय पैसों की जरूरत है, मैं लाया हूँ तुम रखो अभी, जब चाहो लौटा देना।' और जो बाबू जी ने अम्मा जी के हाथों वापस भिजवाये थे। बाबू जी ने पंचमंढ़ी ट्रांसफर लिया था ताकि ध्यान रखा जा सके। हफ्ते पंद्रह दिन में जबलपुर आना जाना होता था। सोनू-मोनू अधिकतर पंचमंढ़ी में रहते थे। मौसी जी चिंता के कारण पता नहीं कुछ-कुछ सोचती रहती थीं।

हाँ, चाचा जी के देहांत के समय जब मौसी जी रोते हुए बोली थीं, 'अब मेरा क्या होगा' बाबू जी ने अपना हाथ मौसी जी के सिर पर रखकर कहा था 'आज से तुम सुनीता से पहले मेरी हो और मेरी बड़ी बेटी हो।' बाबू जी ने अपना ये फर्ज भी निभाया।

पंचमंढ़ी में हमें चित्रकला सीखने का अवसर मिला। हम लोग पंचवाड़ व गुफा के पास कैथोलिक चर्च के पीछे बिशप कॉटेज में रहते थे।

पचमढी में रहते हुए बाबूजी ने पाया वहाँ कॉलेज नहीं है तो उन्होंने परमीशन लेकर कैन्ट स्कूल में रात्रि कॉलेज खोला और पढ़ाने लगे। धीरे धीरे और लोग भी आये, बी.ए. की क्लासेज शुरू करवाई जो तब स्पेशल परमीशन से शुरू हुई। परीक्षायें भी शुरू कीं, स्वयं भी

रात्रि को राजनीति शास्त्र, अंग्रेजी पढ़ाने लगे। हाँ, आज वहाँ पचमढी में सरकारी कॉलेज सुचारू रूप से दिन में चल रहा है जो बाबू जी के प्रयासों का नतीजा है। या कहूँ तो नींव रखी थी।

बाबूजी का जीवन संघर्षों से घिरा रहा पर उन्होंने स्वयं अपनी फीस की व्यवस्था की, पर बहुत लोगों को पढाया। नर्मदा मेरी बड़ी बहन की मित्र थी उसके पिता मुनीम थे। वे स्कूल तक ही अपनी बेटी को पढ़ाना चाहते थे और उसकी शादी करने वाले थे। नर्मदा रोते हुए मेरी बहन के पास आई और बाबूजी को जब जानकारी हुई तो उन्होंने नर्मदा के पिताजी से मिलकर समझाया और उसे पचमढी ले आये इसके बाद बाबूजी ने अपने खर्चे पर उसको बी.ए., एम.ए. करवाया; रहना खाना पढ़ाई का खर्च भी उठाया।

1981 झाँसी कार्यकाल

18 नवम्बर 1981 को पंचमढ़ी से झाँसी ट्रांसफर हुआ। बाबू जी ने आकर चार्ज लिया और हम सभी जनवरी 1982 में झाँसी आये। यहाँ बाबू जी खुश नहीं थे। कारण, घूसखोरी बहुत थी। छावनी परिषद झाँसी में, बाबू जी ने टोल चेकिंग शुरू की, काफी घपला मिला। अनऑथराइज कंस्ट्रक्शन था। लोगों ने कंटोनमेंट की सरकारी जमीन पर कब्जे कर रखे थे, जिन्हें बुलडोजर की सहायता से गिराया गया था। रात को जुलूस और बंगले की घेराबंदी हो गयी, नारेबाजी हुई। बाबू जी ने ब्रिगेडियर को फोन करके तुरन्त आर्मी फोर्स पहुँचाई। हैण्डर की नौकरी के समय मोटी रकम ली जाती थी और सब में बँटती थी। ये सब बंद हुआ, बाबू जी की ईमानदारी के कारण। बहुत से कर्मचारी नाराज हुऐ, दुखी हुऐ। और कुछ ने चोरी-छिपे अपना काम जारी रखा।

एक ठेकेदार, दीपावली पर शर्मा स्वीट्स के एक किलो के डब्बे में नोटों की गड्डी लाये और कुछ इस अंदाज में दे रहे थे कि जैसे बहुत बड़ा काम कर रहे हों। बाबू जी किसी के लाये मिठाई के डब्बे लेते नहीं थे, पर उसमें से दो-चार पीस रख लेते कि लाने वाले को बुरा न लगे। इसी तरह ठेकेदार का डब्बा भी खोला, पर जब उसे देखा तो बहुत गुस्सा हुऐ। ठेकेदार को काफी डाँट पड़ी साथ ही चौकीदार को भी बुलाकर हिदायत दी कि आइंदा ऐसे किसी को भी बंगले में अंदर न आने दें।

1984 बड़ी पुत्री सुनीता (गीता) का विवाह

मैं और नम्रता आठवीं कक्षा में थे, हम दोनों ने दसवीं झाँसी से पास की थी। अनिमेष, अमरेश प्राइमरी स्कूल में थे। सुनीता एम.ए. कर चुकी थी। 8 मई 1984 को सुनीता की शादी, पटैरिया जी के दूसरे बेटे 'विजय' के साथ हुई।

हाँ, इस शादी से हमारे नाना को एतराज था, कारण कि हम कान्यकुब्ज बीस-बिसवा ब्राह्मण थे और पटैरिया जी जिझौतिया ब्राह्मण थे। नाना ने कहा कि, 'यदि ये शादी हुई तो मैं पानी भी नहीं पियूँगा तुम्हारे घर का।' बाबू जी ने कहा-'न पियें' और एक तत्कालीन दकियानूसी खयाल को तिलांजलि देकर विवाह संपन्न हुआ।

जून 1984 (कसौली कार्यकाल)

जून में ट्रांसफर कसौली हुआ। वहाँ से सभी अलग-अलग हो गये।

कसौली में दसवीं तक ही स्कूल थे। 11th class प्रॉप कहलाती थी। केंद्रीय विद्यालय भी नहीं था। मैं जबलपुर चली गयी सितम्बर 1984 में वहीं से दो साल पढ़ाई करी। नम्रता, सुनीता के पास झाँसी चली गयी। अनिमेष, अमरेश कॉन्वेंट स्कूल में कसौली में ही पढ़े।

नवम्बर 1986 (सागर कार्यकाल)

नवम्बर 1986 को बाबू जी का ट्रांसफर छावनी परिषद्, सागर ,कंटोनमेंट अधिकारी के लिऐ हुआ। मैं और नम्रता, सागर युनिवर्सिटी में पढ़े। नम्रता का बी.एस.सी. और मेरा बी.ए. में एडमिशन हुआ अनिमेष नौंवी कक्षा में पुनः केंद्रीय विद्यालय पहुँचा, अमरेश छठवीं कक्षा में पढ़ा। 1988 को मैंने व नम्रता ने बी.एड. का फार्म भरा, नम्रता को जबलपुर का सरकारी कॉलेज मिला और मुझे सागर। बाद में सितम्बर माह में मेरा भी ट्रांसफर जबलपुर करा दिया और हम दोनों जबलपुर में रहे, मौसी जी के पास। अनिमेष ने 10th सागर से पास की। यहीं नम्रता की मित्रता 'किशोर' से हुई, वो सरकारी स्कूल में लैक्चरार था, कम्पलसरी बी.एड. होने के कारण आया था।

1989 (इलाहाबाद कार्यकाल)

1989 को बाबू जी का ट्रांसफर, सागर से इलाहाबाद हुआ। मेरा और नम्रता का एडमिशन महिला पॉलिटेक्निक में हुआ। मैंने 'फाइन आर्ट' और नम्रता ने 'इंटीरियर डिजाइनिंग' में एडमिशन लिया। सुबह 7 से 12 आर्मी स्कूल में पढ़ाते, 12:30 से 5:30 पॉलिटेक्निक और रात्रि को एम.ए. प्रिवियस की पढ़ाई के प्राइवेट फार्म भरे थे।

यहाँ बाबू जी मुश्तैदी से काम करते रहे पूरी ईमानदारी के साथ। काफी परेशानियाँ भी आईं पर बाबू जी अडिग रहे कभी पैसों को अपनी कमजोरी नहीं बनने दिया।

1990 नम्रता का विवाह

1990 दिसम्बर 8 को नम्रता व किशोर की शादी जबलपुर से हो गयी। नम्रता ने अंग्रेजी में गोल्ड मेडल लिया, हाँ, बी.एड. में भी गोल्ड मेडल मिला था उसे। इलाहाबाद से दीपू ने बारहवीं पास की।

1991 अनीता का विवाह

12 मार्च 1991 को मेरा विवाह 'डॉ दिलीप शर्मा' से झाँसी में हुआ। इस तरह बाबू जी की तीनों बेटियों की शादी बिना किसी दान-दहेज के हुई।

1992 (दानापुर पोस्टिंग)

28 मई 1992 को 'सिद्धांत' हुआ और साथ ही बाबू जी का तबादला दानापुर, पटना, बिहार हो गया।

26 जनवरी 1992 को नम्रता की बेटी हुई 'ईशा'। हाँ, सुनीता के दो पुत्र हुऐ। 7 अगस्त 1985 को 'वैभव' और 11 दिसम्बर 1989 को 'विभोर' हुआ था। इस प्रकार बाबू जी चार नाती-नातिन के नाना बन गये। सिद्धांत के जन्म के समय बहुत खुश होकर बोले 'अनु, तूने मुझे विवाह की वर्षगांठ पर नाना बनाया।' उसी दिन हमें पता चला कि बाबू जी का विवाह 28 मई को हुआ था। 20 दिन के सिद्धांत को लेकर मैं झाँसी आ गयी।

बाबू जी (पटना) दानापुर पहुँचे। घर पर अमरेश ही रहा, अनिमेष गवर्नमेंट कॉलेज जबलपुर आ गया बी.एस.सी. करने।

दस माह के 'सिद्धांत' को लेकर मैं पटना गयी। हम लोग 'पुदुचेरी' श्री अरविन्द आश्रम भी गये और 1993 को बाबू जी जबलपुर सी.ई.ओ. बनकर आ गये। यहीं से रिटायर भी हुऐ। (मनु) अमरेश ने बी.ए. किया, कम्प्यूटर में डिग्री ली। अनिमेष ने एम.आर. वर्क ज्वाइन किया। 10 जुलाई 1987 को अनिमेष का विवाह हो गया। 18 नवम्बर

1995 को बाबू जी रिटायर हो गये। 1996 से रजिस्ट्रेशन करवाकर वकील बन गये। कोटेच जी के साथ प्रैक्टिस करने लगे। इस बीच किरायेदारों से मकान खाली करवाया। कुछ से कोर्ट केस जीतकर और बाकी को 4000 रुपए देकर खाली करवाया।

2007–2008 का समय और रिटायरमेंट का जीवन

चाचा जी का परिवार, बाबू जी के रिटायर होने के बाद साथ ही रहा। बाबू जी ने पूरा खर्च सँभाला। L.L.B. कॉलेज को पढ़ाया। आखिरी समय तक व्यस्त रहे। लॉ के कुछ विद्यार्थी सुबह अंग्रेजी पढ़ने भी आने लगे।

2007 या 2008 में दीपू (अनिमेष) का स्थानांतरण नागपुर हो गया। उसके फ्लैट में बाबू जी व अम्मा जी शिफ्ट हो गये। अमरेश अलग अपने परिवार के साथ रहता था। पुराने मकान में मौसी जी (चाचीजी) अपने दोनों बेटे और बड़ी बहू के साथ रहने लगीं।

अम्मा जी को पैरालेसेस अटैक आया। उनको अकेले छोड़ने में अब डर लगने लगा था। इसी बीच अनिमेष का जबलपुर स्थानांतरण हुआ पर अम्मा जी व बाबू जी उनके साथ नहीं रहना चाहते थे कारण था 'वनिता' का स्वभाव। चाचा जी के बड़े बेटे ने हॉलनुमा कमरा अटैच लैट-बाथ बनवाया। हम लोगों ने उसमें बाबू जी व अम्मा जी को रहने की बात कही, तब उसने 3000 या 3500 किराये पर रखने की बात कही। बाबू जी पूरे दिन व्यस्त रहते। कोर्ट, नाईट-कॉलेज, ट्यूशन, ड्राफ्टिंग। आखिर किराये पर शिफ्ट हुऐ, जबकि चाचा जी के लिए

बाबू जी ने कभी अपने हिस्से का किराया भी नहीं लिया था किरायदारों से, 1974 से 1995 तक। अपना प्लाट, जेवर भी दे दिये थे बेचने के लिये। बाबू जी को बुरा तो लगा पर वे कुछ बोले नहीं। एक डेढ़ साल में चाचा जी के दोनों बेटो में उनका हिस्सा बँट गया। बाबू जी का कमरा अग्निवेश (चाचा जी के छोटे बेटे) के पास आया। उसने किराया लेने से मना कर दिया पर एक-डेढ़ साल बाद मैंने अम्मा जी से कहकर पोस्ट ऑफिस में उनकी बेटी 'इरा' के नाम पर साढ़े सात साल की RD खुलवा दी। कितने की थी शायद, 1100 या 1500 की, जो जारी है।

28 अप्रैल 2010 को नम्रता की छोटी बेटी को कैंसर हुआ और बाबू जी, पूरी तरह टूट गये। हमेशा घबराये रहते थे। उन्होंने अपने छोटे भाई को बीमारी में खोया था, वो घबरा गये थे। हमेशा कहते 'अब बर्दाश्त नहीं कर सकता, पहले मैं जाऊँगा' और हुआ भी यही नम्रता के एक साल पहले ही चले गये।

अचानक 2014 में सोनू (चाचा जी के बेटे) को हार्ट-अटैक आया। अब बाबू जी बहुत घबरा गये।

मनु को बिजनेस में घाटा हुआ, बाबू जी अंदर तक हिल गये। सब मामला निपटाकर ही चैन की साँस ली।

जुलाई 2017 को नम्रता के पति डॉ किशोर श्रोती को ब्लड कैंसर की परेशानी हुई और दो माह बम्बई 'जसलोक अस्पताल' में रहे, और इलाज के दौरान ही चल बसे। बाबू जी, उसी दिन से जीना ही नहीं चाहते थे। अब नम्रता की हालत भी खराब हो गयी थी और डॉक्टरों ने जवाब दे दिया था। पर बाबू जी ने जैसा कहा था वही हुआ, 2018 में दुनिया छोड़ दी। और 20 जुलाई 2019 को नम्रता भी चली गयी।

बेटा मैं तुमसे संतुष्ट हूँ।

12 जून रात नौ-साढ़े नौ बजे 2018 को मैं अपनी बिटिया अभीप्सा व पति दिलीप के साथ जबलपुर पहुँची। अम्मा जी ने बताया बाबू जी सो रहे हैं, तुम खाना खा लो। मेरा मन नहीं माना और मैं मच्छरदानी के बाहर से खड़े होकर बाबू जी को देखने लगी। तभी उन्होंने आँखें खोली और बोले- 'तुम आ गयी'

मैंने कहा 'हाँ'

'और कौन है तुम्हारे साथ?'

'दिलीप व गुड़िया'

'बुलाओ'

मैंने 'हाँ' कहा और आवाज दी, गुड़िया आई तो उसको खूब प्यार किया जैसे छोटे बच्चे को करते हैं और खूब आशीर्वाद दिया। जबकि गुड़िया एम.बी.बी.एस. फाइनल में थी। फिर मुझे भी आशीर्वाद दिया और बोले 'बेटा मैं तुमसे संतुष्ट हूँ।'

बाबू जी का अधूरा सपना पूरा हुआ था मेरा बेटा सिद्धांत जनरल सर्जरी विद्यापीठ पुणे से कर रहा था और बेटी M.B.B.S.। बाबू जी ने चाहा था चाचा जी डॉक्टर बनें, पर वो सम्भव नहीं हुआ। फिर

उनको बहुत उम्मीद नम्रता और अनिमेष से थी जो अधूरी ही रह गयी थी। मेरा बेटा छः साल की उम्र से बाबू जी के पास जबलपुर में रहा। उनकी छत्र-छाया का प्रभाव उस पर पड़ा और चारित्रिक रूप से उन्हीं जैसा आत्मविश्वास, आत्मनियंत्रण उसमें भी है और नाना की तरह का चरित्र है। आज का नौजवान शौकीन होता है, पर मुझे गर्व है कि सिद्धान्त, बाबू जी की तरह निर्व्यसनि व सादगी-पसन्द है।

इस तरह आखिरी मुलाकात बाबू जी से यही थी रात्रि 9-9.30 बजे। उन्होंने फिर दोहराया 'बेटा मैं तुमसे संतुष्ट हूँ।'

'मैं, सिद्धान्त का बेटा बनकर तुम्हारे ही पास आऊँगा।'

फिर मेरे पति दिलीप को आशीर्वाद दिया और उसके बाद बोले खाना खाकर सो जाओ। सुबह हम सो रहे थे कि सुबह 7 बजे अम्मा जी से बोले 'अनीता कहाँ है?' उन्होंने बताया 'सो रही है', तो इशारे से बोले 'सोने दो'। अम्मा जी ने उनको बोनविटा दूध दिया तो दूध पीकर बोले 'अब आज के बाद नहीं पियूँगा'। और छोटे भाई अमरेश के कँधे पर, जाने का इशारा कर के झूल गये। एक सेकेण्ड में शरीर छोड़ दिया।

आखिरी समय में बेटे का फर्ज

बाबू जी आखिरी समय में बहुत कमजोर हो गये थे। अमरेश (छोटा बेटा) ही उनको बाथरूम तक लेकर जाता और लैट्रिन करवाना, नहलाने-धुलाने की जिम्मेदारी ब-खूबी निभाता था। बाबू जी भी उसका रास्ता देखते थे। बाबू जी अमरेश को जाने ही नहीं देते थे। बाबू जी का आशीर्वाद हमेशा उसके साथ रहेगा।

उम्मीद से परे मनु (अमरेश) ने, बाबू जी की सेवा की। इसके लिए हम सब अपने उस भाई के ऋणी हैं।

अंतिम कार्य (तेरहवीं) में मनु ने कोई दिखावा नहीं किया। शांत रहकर पूजा की और खाने को परसता रहा। उसने अनिमेष ब्राह्मणों को विदाई का सामान देने या मानदानों को कपड़े-लिफाफे देने भी नहीं आया। जबकि सारा खर्च दोनों भाई (अनिमेष+अमरेश) ने बराबरी से किया।

चाचा जी के दोनों बेटों ने अपना पूरा योगदान दिया। हाँ, शैय्यादान चाचा जी के बड़े बेटे सोनू (राधा कृष्ण) ने अपनी मर्जी की की।

खैर बाबू जी का अंतिम कार्य सभी के योगदान से पूर्ण हुआ। ईश्वर उन्हें शांति प्रदान करे। ईश्वर उन्हें अपने चरणों में स्थान दे।

अनुभव में बाबू जी के जीवन को जानना

बाबू जी का जीवन संघर्षों में गुजरा था। वे कहते थे बेटा, जिसको जरुरत है उसकी मदद करो, पर याद रखना कभी हमें जरुरत पड़ेगी तो वो सहायता नहीं करेगा, बल्कि कोई तीसरा ही सहायता करेगा। बस भगवान पर भरोसा रखना।

बाबू जी के पास बैठकर उनको जानना मुझे अच्छा लगता था। एक बार अपनी माँ (मेरी दादी) को याद करके उन्होंने अपने बचपन का किस्सा सुनाया था। उस समय उनकी उम्र 8 या 10 वर्ष (ऐसा उन्होंने बताया था) रही होगी,

उनकी माँ ने उनसे पूछा-

'भैया शादी करोगे'

तपाक से बोले 'हाँ करूँगा।'

माँ हँसने लगी, फिर पूछा -

'दुल्हन के साथ कैसे रहोगे?'

तपाक से कहा 'खूब मारूँगा, डाटूँगा'

तब माँ ने समझाया 'नहीं बेटा ऐसा नहीं कहते'

उन्होंने बालक बुद्धि से जवाब दिया- 'बाबू जी तो ऐसा ही करते हैं।'

माँ ने समझाया 'नहीं भैया, गलत बात है। दूसरे की बिटिया को अच्छे से रखना, कभी मरना-पीटना नहीं।'

ये बात उस 8-10 साल के बच्चे के मन में ऐसी बैठी कि वो कभी भूले नहीं। माँ को याद कर हमेशा ये बात बताते थे और माँ के दिये संस्कार को आजीवन निभाया भी। मेरी माँ के साथ स्नेह, पत्नी का मर्यादित स्थान और अच्छा व्यवहार रखा।

धार्मिकता उनमे अपनी माँ से ही आई थी। उनकी माँ आध्यात्मिक महिला थीं। तुलसी पर जल अर्पण करना, दीप प्रज्ज्वलित करना, आरती करना, भजन गाना, खूब पूजा-पाठ, व्रत-उपासना वे करती थीं। ऐसा बाबू जी और पड़ोसी महिलायें, जो दादी की उम्र की थीं व उनकी सखी थीं, उनके मुख से सुना।

मेरे बाबू जी धार्मिक प्रवृति के बेहतरीन इंसान रहे। मुझे बाबू जी के स्नेहिल रूप, सादगी-परस्त इंसान और समय के पाबंद रूप ने ही लिखने की प्रेरणा दी। ऐसे पिता को पाकर मैं अपने को सबसे भाग्यवान समझती हूँ। कपड़ों में बाबू जी, सादगी व हल्के रंगों की शर्ट पहनना पसंद करते थे। काले रंग के कपड़े उन्हें बिल्कुल पसंद नहीं थे। वे एक आदर्श पिता थे, आदर्श पति और आदर्श भाई थे। ऐसी पुण्य आत्मा को, उनकी बेटी का कोटि-कोटि नमन।

बाबू जी से जुड़े संस्मरण

अंजाने में ही विवेकानंद, श्री अरविंद दर्शन, गीता व रामचरितमानस पढ़ डाली। आश्चर्य-मिश्रित प्रसन्नता होती है कि, बाबू जी ने ऐसे धार्मिक ग्रंथ अंजाने में पढ़वा दिये, और जब कोई घटना घटित होती है तो अकस्मात संदर्भित बातें याद आ जाती हैं जो शायद अवचेतन मन में गहराई तक बैठ गयी थीं। बाबू जी, नित्यप्रति एक अध्याय पढ़कर सुनाने को बोलते थे, मैं प्रतिदिन सुनाती और अंजाने में बस पढ़ती चली गयी। उन्होंने रोज ही दस दोहे सुबह पढ़ने की आदत डाल दी थी और इलाहाबाद में मैंने दो बार पूरी रामचरितमानस पढ़ी।

बाबू जी कितनी आसानी से अच्छी बातों की ओर ध्यान मोड़ देते थे। प्राणायाम, ध्यान, ऱाटक, ओंकार करते हुऐ हम बड़े हुऐ। संस्कार की नींव बड़ी सहजता से डाल दी थी। पढ़ाई के प्रति सजग दृष्टिकोण था,हमेशा हमें पढ़ने के लिए समझाते और पढ़ाते भी थे।

बहुत सूक्ष्म दृष्टि से हमें समझते और हमें समझाते भी थे। हर समय हमारे साथ रहते। कठिनाई को भी समझते, हल भी बताते। कभी भी प्रश्न करो धीरज से सुनकर उत्तर देते। आज यदि आध्यात्म की ओर झुकाव है तो उसकी नींव बाबू जी ने बचपन में ही खेल-खेल में डाल

दी थी। गायत्री मंत्र हो या महामृत्युंजय मंत्र और भी बहुत से मंत्र, दोहे, गीता के, संस्कृत के, या रूद्राष्टक, सभी बहुत आसानी से याद करवाये जो आज भी याद हैं। मेरी हर बात में तो समाये हैं बाबू जी।

प्रेरणा स्रोत है

बाबू जी पर दकियानूसी बातों का कोई असर नहीं था। वे जो सही लगता था, उसी ओर आगे बढ़ जाते थे। समय मिलते ही अपने अभिन्न मित्रो के साथ क्रिकेट खेलते थे। 1955/60 में क्रिकेट की कल्पना हम सोच भी नहीं सकते थे। और बाबू जी क्रिकेट खेला करते थे, मंडलीय स्तर के प्रोग्रामों में बढ़-चढ़ कर हिस्सा लेते थे। और दोनों भाई बहुत अच्छी आवाज और सुर में गाते थे। हाँकी खेलते वक्त चोट का जिक्र अक्सर करते थे। वे क्रिकेट, हाँकी और टेबल टेनिस के शाट भी अच्छे लगाते थे। शाम को बैडमिंटन और टेबल टेनिस आर्मी क्लब में खेलने जाते थे। बाबू जी, सकारात्मक विचारों और ऊर्जा के पुंज थे। अच्छी किताबें पढ़ना उनकी रुचि थी। बाबू जी को अम्मा जी पैसे देतीं और साथ में सामान की लिस्ट, जब घर वापस आते तो हाथ में होतीं किताबें। अम्मा जी का बिगड़ना और बाबू जी का बचाव, बहुत मजेदार होता था।

कभी मैं किसी चीज की जिद कर बैठती तो समझाते, 'बेटा मेरे बचपन में मेरे पास तो कुछ भी नहीं था, पर तुमको तो बहुत दिया है ईश्वर ने। आत्मनियन्त्रण कैसे रखना है कैसे कम चीजों में खुश रहना

है समझाया करते।

उनके नाना के पास गाय, भैंस पली थीं। जल्दी ही बाबू जी ने सभी कार्य सीख लिये। गोबर उठाना, सानी बनाकर गाय भैसों को देना, दूध दोहना

और स्कूल जाने के पहले लोगों के घरों तक दूध देने जाना। ये सभी काम करते थे। पर उनके व्यक्तित्व में कोई हीन भावना नहीं आयी। शानदार खुद के धोये, धुले कपड़े पहनकर दोस्तों से मिलते थे। अगर कहूँ तो गलत नहीं होगा, कि सभी उनके जीवन और सकारात्मक विचारों के अनुयायी थे। बाबू जी बचपन से ही खूब होनहार थे, उन्हें बच्चे, बूढ़े सभी 'बड़े भैया' कहते थे। अपने आप में चलती फिरती लाइब्रेरी थे। मेरे बच्चों को स्कूल में प्रोजेक्ट मिलता तो फोन पर नाना को टापिक बता दिया जाता और नाना व्यस्त दिनचर्या के बावजूद उनका प्रोजेक्ट लिखकर रजिस्ट्री कर देते।

वे झुँझलाकर कहा करते थे, 'कैसे लोग कहते हैं टाइम नहीं मिलता?' सच तो ये है कि जीवन की दिनचर्या ही लोगों की अस्तव्यस्त है,फिर भी समय निकाला जाता है। हम लोग और उनसे जुड़े सभी लोगों के प्रेरणा स्रोत हैं बाबू जी।

बाबू जी के आशीर्वाद और हम बच्चे

नरोत्तम अंकल, मेरे घर 2011 में आये थे और आकर सीधा बोले, 'बेटी ये सब, पाण्डेय जी के पुण्यों का प्रताप है, उनकी ईमानदारी है कि आज तुम सब भाई-बहन इस मुकाम पर हो। सभी के पास अपने मकान गाड़ियाँ सब कुछ है। बहुत संघर्षों के बाद ये सब नसीब हो पाता है।' बाद में मैंने सोचा कि अंकल की बात सही है। आज सुनीता का बड़ा बेटा 'बैंक ऑफ बड़ौदा, मुम्बई' में ऑफिसर है, छोटा बेटा 'एच.डी.एफ.सी.' में मैनेजर है। वो खुद प्रधान-अध्यापिका है और उसके पति विजय बी.एच.ई.एल. में हैं। नम्रता, क्राइस्ट चर्च में अंग्रेजी की अध्यापिका रही। 12th कक्षा को पढ़ाया, उसके पति किशोर 'हाई कोर्ट' में असिस्टेंट एजूकेशन डायरेक्टर रहे। हालाँकि दोनों ही अब इस दुनिया में नहीं हैं पर उसके दोनों बच्चे इंजीनियर हैं पूना में। बेटी के पति 'अंशुल' हूबहू किशोर की तरह व्यवहारिक हैं। नम्रता ने नाती ईशान (डेढ़ वर्ष) की अच्छी परवरिश की। मेरे पति डॉक्टर हैं, हमारा 75 बैड का अस्पताल है। मैं तो हाऊस वाइफ हूँ, पर बच्चे दोनों ही डॉक्टर हैं। एक जनरल सर्जरी कर रहा है, बेटी पीजी की तैयारी में है। अनिमेष की बड़ी बेटी इंजीनियरिंग पूरी करने वाली है और छोटी

बेटी एम.बी.बी.एस. की तैयारी में है। वह खुद 'डिफेन्स इन्श्योरेन्स' में प्रेसीडेंट है। अमरेश की बड़ी बेटी बारहवीं की परीक्षा देने की तैयारी में है, बेटा सातवीं कक्षा में। चाचा जी का बड़ा बेटा राधाकृष्ण अध्यापक है, उनके दोनों बेटे पढ़ रहे हैं। बड़ा बेटा 10th की परीक्षा देगा। वह भी इन्श्योरेन्स में है। अग्निवेश की बिटिया दूसरी कक्षा में और बेटा छोटा है। हम सब समृद्ध हैं तो बाबू जी का आशीर्वाद ही तो है। उनकी मेहनत रंग लाई।

यादगार संस्मरण

आज यादों की शृंखला में कुछ एक यादगार बातों को संस्मरण के तौर पर लिख रही हूँ-

मैं अपने पिताजी की चहेती बेटी रही हूँ। इसलिए मुँह-लगी भी थी। जो भी सोचती या मन में आता उनसे बिना सोचे समझे बोलती, और बेबाक प्रश्नों की झड़ी लगाती थी।

सच.... मेरे पिता धैर्य से सुनते और प्यार से समझाते। गुस्सा, चिल्लाना, खीजना उनकी डिक्शनरी में ये शब्द नहीं थे। सहज सरल प्रवृत्ति थी उनकी।

वे ईमानदारी से अपनी सेवा देते। और जग जाहिर है, ईमानदार व्यक्ति का जीवन आर्थिक संकट से घिरा होता है। हाँ तनख्वाह के अलावा कोई बैंक बैलेन्स नहीं था, और वे फख्र से कहते, 'बेटा मेरा बैंक बैलेन्स तुम लोग हो'।

एक बार मैंने पिताजी से कहा-'छावनी अधिशासी अधिकारी पद पर लोग कितना पैसा कमाते हैं, कितनी अमीरी व शानो-शौकत से रहते हैं, आप ऐसा क्यों नहीं करते?'

उन्होंने बड़े प्यार से मेरे सिर पर हाथ रखकर कहा-'अनु पता

है ऐसे लोग रात में सो नहीं पाते, अंदर एक डर बेचैनी होती है। उनके गलत तरीके से कमाये गये पैसों से बच्चे गलत राह पर चले जाते हैं। क्लबों में नशे के आदी हो जाते हैं। घर में शान्ति नहीं रहती, मन असंयमित हो जाते हैं।

बेटा, अपने घर में शान्ति है, सरलता है, कोई दिखावा बुरी आदत नहीं। यही मेरी कमाई है, मैं निश्चिन्तता से सोता हूँ, निडरता से जिम्मेदारी से काम करता हूँ और क्या चाहिए।'

उम्र और समय के साथ उनकी एक एक बात समझ में आई कि 'जीवन को जटिल नहीं सरलता और सहजता से जीना सही है'। उनकी शिक्षा को गाँठ बाँध जीवन में आगे बढ़ी और बहुत खुशकिस्मत हूँ कि मेरे दोनों बच्चे सादगीपूर्ण जीवन जीते हैं और उच्च शिक्षित हैं।

मेरे जीवन की कुछ और यादें, कुछ और बातें-

विचार कर रही थी कि विचारों की शृंखला तेजी से पीछे की ओर दौड़ती चली जा रही थी। तभी एक ऐसा संस्मरण याद आया जो कि सन् 1982 का है, जब हम झाँसी में ही रहते थे और मैं कक्षा नौवीं में पढ़ती थी। मेरे पिताजी श्री जगदीश प्रसाद पाण्डेय जी, 'छावनी अधिशासी अधिकारी' पद पर कार्यरत थे। वे रात्रि के समय छावनी चुंगी (टोल टैक्स) की चैकिंग पर जाते थे।

बात जनवरी की ठण्ड की है, पिताजी के साथ सैनेटरी इंस्पेक्टर और एक दो लोग होते थे, कभी ड्राइवर होता कभी वे स्वयं ड्राइव करते थे।

वे राऊण्ड पर थे अचानक एक पेड़ के नीचे कोई गठरी के

समान लेटा/सोया हुआ दिखा। उन्होंने गाड़ी रोक दी... पास जाकर देखा -कड़ाके की ठण्ड में एक व्यक्ति जमीन पर सो रहा था। उसे आवाज दी पर प्रति-उत्तर नहीं मिला। उन्होंने फैसला किया कि इसे उठाकर 'मदर टेरेसा आश्रम' ले जायेगें। पर... कोई भी उठाना तो दूर, छूने को भी तैयार नहीं हुआ। 'भाई डिटाल से हाथ धुल जायेंगे, उठवाओ मेरे साथ'। पिताजी के आगे बढ़ने पर, बेबस हो उन्हें भी उठाना पड़ा। मदर टेरेसा आश्रम पहुँचने पर वहाँ के लोगों ने तुरन्त उस व्यक्ति को गर्म पानी से नहलाया, साफ व गर्म कपड़े पहनाये और गर्म दूध पिलाया। पिताजी हद-प्रद उन लोगों के समर्पित कार्य को देखते रहे। वो व्यक्ति जो काला गंदा सा लेकर गये, वो साफ सफाई के बाद गोरा व साफ निकला। उन्होंने दूसरे दिन मैडिकल चैकप करवाने का आश्वासन दिया और आश्रम वाले सचमुच फोन पर उस व्यक्ति की जानकारी देते रहे। पिताजी भी कुछ न कुछ लेकर आश्रम पहुँचते रहे जब तक भी झाँसी में रहे। सन् 1984 साल तक रहे।

मेरे पिताजी, एक-दो घण्टे में घर लौट आया करते थे पर उस दिन बहुत देर हो जाने के कारण मेरी माँ बेचैनी से अंदर-बाहर होने लगी और मेरी जब मेरी नींद खुली तो मैं भी उनके साथ इन्तजार करने लगी। जब पिताजी लौटकर सुबह घर आये तब हमारी जान में जान आई। और तब पिताजी ने पूरी घटना बताई।

वह इतने ऊँचे पद पर रहकर भी, ईमानदार, दयालु व नेकदिल रहे।

'एक रविवार ऐसा भी। जो इतने अच्छे पिता की बेटी होने का एहसास करा दिया।'

एक बचपन का संस्मरण, जो जीवन में बहुत उपयोगी रहा। पंचमंढ़ी में, बड़े महादेव पैदल ही जा रहे थे। रविवार का दिन था।

उन दिनों गाड़ियाँ नहीं थीं। हम पिकनिक पर सुबह ही, खाना बनाकर निकल पड़ते थे। थकते, बैठ जाते, सुस्ताते फिर बढ़ जाते। प्राकृत-आनंद उठाते। तभी मैंने बातों ही बातों में एक पत्ती तोड़ ली। बाबू जी ने देखा और कहा, 'नहीं अनु ऐसा नहीं करते, कोई तुम्हारा हाथ मोड़े तो दर्द होगा ना?' मैंने 'हाँ' में सिर हिलाया। तब उन्होंने बड़े प्यार से समझाया कि पेड़-पौधों में भी प्राण होते हैं, वो भी हमारी तरह बढ़ते हैं। ऐसा फिर कभी मत करना। उस दिन उन्होंने समझाया था कि, 'अगर कोई पौधा सूख रहा हो या बढ़ नहीं रहा हो, तो उसके पास प्रेम से बैठकर उसे देखो और पानी देते हुऐ बात करो, देखना, पौधा हरा-भरा हो जायेगा। मैंने शरीफा का पेड़ लगाया था, बहुत समय तक उस पर फल नहीं आये तो माली ने हटाने के लिए कहा। सहसा, बाबू जी की बात याद आ गयी और मैंने उसके पास बैठकर उससे एक भावनात्मक रिश्ता बनाया और सचमुच उस पर बहुत शरीफे लगे और पके भी।

ऐसे थे, मेरे बाबू जी। बचपन में ही जाने कितनी ज्ञान वर्धन बातें बताते थे, जो हमारे अवचेतन मन में गहराई तक बैठ गयीं।

ऐसे ही एक संस्मरण याद आता है- वो हमेशा कहते थे, 'बेटा किसी भी काम को शुरू करो उससे पहले उसे ईश्वर को सौंप दो। फिर वह कार्य तुम नहीं ईश्वर करेगें' और मुझे आश्चर्य हुआ कि जो कठिनाई मैंने सोची थी, वो काम बहुत आसानी से हो गया।

तब से एक आदत पड़ गयी, ईश्वर को निमित्त मान कर कार्य करना। बाबू जी ने बचपन में ही ये ये संस्कार मुझमें डाल दिया, 'समर्पण' जो भी काम करना ईश्वर को समर्पित करके ही शुरू करना।

मेरे बाबू जी बहुत अच्छे वकील थे। 'जबलपुर हाईकोर्ट' में बहुत

नाम था। लगभग हर केस जीतते थे, पर फीस के नाम पर मामूली रकम ही लेते थे। बोलने पर कहते थे 'क्या करेंगे ज्यादा पैसों का'। पेंशन तो है ना। 'ऐसे व्यक्ति ढूंढने से भी नहीं मिलते'।

लोअर(lower) कोर्ट में एक व्यक्ति का केस, पूरी दिलचस्पी के साथ लड़े और जीते भी और फीस.... उन्होंने एक पैसा भी नहीं लिया क्योंकि वो गरीब और परेशान था।

फख्र होता है मुझे, ऐसे साधु-पुरूष की बेटी होने पर।

आज यादों के साथ समय बिताने बैठी तो अम्मा जी के लिए उनकी फिक्र, मेरी आँखों के तैर गयी। वे पलंग पर ही लेटे रहते थे, जीवन के अंतिम दिनों में भी अम्मा जी की दवाई की चिंता करते, 'क्यों जी बी.पी. व शुगर की दवाई समय पर ले तो रही हो ना?'

फिर समझाते, 'चाहे कुछ भी हो जाये अपनी दवाई हमेशा समय पर लेना, अपना खयाल रखना और खाना संतुलित ही खाना'। अंतिम पड़ाव में भी अम्मा जी का इतना खयाल रखा।

मैंने अपने जीवन में इतने परिवार और पति-पत्नी देखे पर, बाबू जी ने अम्मा जी को पत्नी का पूरा सम्मान दिया, बहुत प्यार और समझदारी थी दोनों के बीच।

हमारे घर कभी झगड़ा या चीख-चिल्लाने की नौबत नहीं आई।

बाबू जी ने अपना जीवन जल में कमल की तरह जिया।

उनकी तरह सब्र विरलो में ही देखने को मिलता है।

एक बात बाबू जी ने बचपन से ही सिखाई थी कि 'बेटा किसी से कुछ लेना नहीं। और लो तो लौटा जरूर देना वरना कर्जदार बन जाते

हैं और अगले जन्म में वह व्यक्ति किसी न किसी रूप में आकर वसूल कर ही लेता है। तो क्यों न अपने कर्म सही रखें। कभी किसी से न लेना, पर हाँ कोई जरूरत-मंद मिले तो उसकी सहायता जरूर करना।'

ऐसा संस्कार डाला बाबू जी ने कि हम सभी भाई बहनों ने किसी का एक नया पैसा अपने पास नहीं रखा। न किसी का एहसान लिया।

यही संस्कार अगली पीढ़ी में भी है, जिसे अपने बच्चों में देखकर खुशी होती है और अपने बाबू जी पर नाज भी।

बाबू जी का शान्त स्वभाव था। पर कभी जब हम भाई-बहन आपस में लड़ते तो हमेशा समझाते कि 'गुस्सा नहीं करना चाहिए'। छोटे भाई अमरेश(मनु) बहुत क्रोध करता था, उसको अधिकांशतः समझाते 'बेटा गुस्सा आये तो मुट्ठी बाँध लो और गहरी साँस लो। हम लोगों को शाम के समय ओमकार करवाते साथ में प्राणायाम भी।

रविवार को त्राटक करवाते दीपक की लौ एकटक देखने को कहते।

सुबह जल्दी उठना नियम बन गया था, स्कूल जाने के पहले योगासन, सूर्यनमस्कार करना, तब नहाकर, नाश्ता और फिर स्कूल।

नियम के पक्के थे, और हम लोगों में वो आदत उनकी ही देन हैं। जिम्मेदारी, समय की पाबंदी।

वे अक्सर कहते थे 'बेटा लोग कैसे कह देते हैं मेरे पास समय नहीं। दरअस्ल उनकी जीवन चर्या अव्यवस्थित थी।

समय सभी के पास बराबर है जरूरत समय के साथ काम करने की है,उसको व्यवस्थित करने की है।

एक और बात उन्हें नहीं पसंद थी जब भी कोई उनसे कहता,

'बड़ा टेंशन है' तो वो जोर का हँस देते और कहते मेरी समझ में ये टेंशन शब्द कभी नहीं आया। क्या अर्थ है इसका? क्या परिभाषा है? चाहे बड़े हो या छोटा बच्चा उसके मुँह में बस गया है 'टेंशन' शब्द।

वे स्वयं सरल, जिम्मेदार और समय के पाबंद थे अतः वह हमेशा खुश रहते, चेहरे पर चमक और तेज रहता।

नाना-दादा के रूप में हम भाई बहनों के व बच्चों के प्रिय रहे। हमेशा खेल-खेल में शिव ताण्डव और न जाने कितनी हिन्दी-इंग्लिश की कवितायें याद करवाते।

मुझे याद है दानापुर में, मैं दस महीने के बेटे सिद्धांत को लेकर गयी थी वो एकदम चंचल था तब उन्होंने उसका नाम रखा था 'मिस्टर तिलमिल'।

बोलना सिखाया करते थे।

मेरी बिटिया अभीप्सा की अंग्रेजी बहुत अच्छी थी, खास-कर उच्चारण। वे कहते, 'क्या पढ़ाई कर रही हो? चलो नाना को भी पढ़ाओ।' और ऐसे बैठ जाते जैसे उनको कुछ भी नहीं आता, अभीप्सा भी उनको पढ़ाने लगती। ऐसा जबलपुर में मैं जब तक रहती, चलता रहता। मेरे से कहते, 'बहुत अच्छा पढ़ाती है मेरी छोटी-सी टीचर'।

हाँ, जैसे हमसे पढ़वाया जाता था, वैसे ही पढ़कर सुनाने की ड्यूटी, हमारे बच्चों को भी मिली। किसी न किसी बच्चे को किताब पकड़ा देते थे और पढ़वाते। ये अलग बात होती कि वे सभी हिन्दी की किताब पढ़ने से कतराते थे और अंग्रेजी की विवेकानंद या आध्यात्मिक

किताब का एक अध्याय सुनाते थे।

बच्चों के लिए उनकी पसंद की चीजे लाते थे। बच्चों की बातों में आज भी आदर और प्रेम के भाव रहते हैं जब वे नाना की बातें करते हैं, जब उन्हें याद करते हैं।

बाबू जी को जबलपुर में सदर बाजार के 'राजभोग' की रसमलाई बहुत पसंद थी। वे मुझे और मेरे बच्चों को अक्सर वहाँ लेकर जाते थे, और बड़े प्रेम से खिलाया करते थे। बच्चे हालांकि अब बड़े हो गये हैं पर नाना के साथ की सदर की रसमलाई आज भी याद करते हैं। मेरी बिटिया अभीप्सा और बेटा सिद्धांत तो एकदम उनकी तरह गोलगप्पे और रसमलाई प्रेमी हैं। सदर में एक जगह वे शुरू से ही गोलगप्पे खाया करते थे, आश्चर्य तो मुझे तब हुआ जब हम एक बार उनके साथ गये और गोलगप्पे खाने के बाद दुकानदार ने पैसा लेने से मना किया, और बोला 'आप मेरे पापा के पास आते थे तब मैं बच्चा था, पर मैं आपको पहचान गया हूँ'। और अनायास ही बाबू जी के मुँह से उसका नाम निकल गया, पर बाबू जी ने उसको पूरा पेमेन्ट किया, प्रेम से बातचीत की उसके पिता की भी दो चार बातें उससे कीं।

स्नेहिल तो वे थे ही जो उनको जानते हैं, वे आज भी हम लोगों को बाबू जी के बच्चे होने के कारण स्नेह और आदर देते हैं।

मेरी छोटी बहन नम्रता, बाबू जी की मृत्यु के बाद उनके मित्र के यहाँ एम.आर.आई करवाने गयी थी। उसने एडवांस जमा किया और लौटने लगी आधे रास्ते में ही थी कि उस लेडी का फोन आया बोली 'आप तुरन्त आ जाइये' नम्रता घबरा गयी कि रिपोर्ट में कुछ गड़बड़ लगती है। जाकर पता किया तो उसने पैसे लौटाते हुऐ कहा, 'डॉक्टर साहब गुस्सा हो रहे, ये पैसे आप रखिये और जाकर मिलिए।' वहाँ गयी

तो डॉ. साहब इतने प्यार से डपटकर बोले, 'पाण्डेय जी की बेटी हो तो मेरी भी बेटी हो। आगे से ऐसा नहीं करना।' घर लौटकर नम्रता फफक कर रो पड़ी। हम सब डर गये तब रोते हुए बोली 'बाबू जी हमेशा हमारे साथ रहते थे आज भी हमारे साथ है। हमसे पहले वो, और उनका परिचय पहुँच जाता है'।

मीना

जी हाँ मीना एक छोटी सी बच्ची , जो अपनी माँ के साथ रोज सुबह-शाम हमारे घर आया करती थी। दरअसल मीना की माँ हमारे घर बर्तन मांजा करती थी।

मेरी माँ उसे कुछ न कुछ खाने को दे दिया करती थी, इसलिए वो दुबली पतली मीना रोज़ आती और बिना रूके खूब बातें करती।

अचानक उसका आना बंद हो गया। एक दिन......दो दिन। मीना की माँ का चेहरा भी उदास। चूंकि वो सबसे बोलती थी तो कुछ अजीब लगा। पूछने पर पता चला मीना का पिता शराबी तो था ही, चाहे जब घर पर मार पीट करता था। परन्तु अब तो उसने हद ही पार कर दी। मीना के पेट में कभी-कभी तेज दर्द हुआ करता था और उसके पिता ने छाड़-फूक करने वाले के पास ले जाकर दगवा दिया था। लोहे के सरिये को गर्म करके पेट में उस हिस्से पर जहाँ उसे दर्द हुआ करता था। वो जख्म .... (लिखते हुए भी दृश्य आखों के सामने आने पर रूह कांप गयी)ये वाकिया भी झाँसी का ही है।

मैंने अपने पिताजी को बताया तो वे हिल गये। हमारे घर रामदीन खाना बनाता था उससे पूछा और दो लोगों को उसके साथ भेजकर मीना को बुलवाया और कैन्टोनमैन्ट हास्पिटल जो हमारे घर

के बाजू में ही था भर्ती करवाया उस समय डाक्टर गुप्ता कैन्टोनमैन्ट हास्पिटल में डाक्टर थे और लेडी डाक्टर मोहनी श्रीवास्तव थी सच दोनो ने मीना के पेट पर दागे गये जख्म का इलाज किया और वह पूर्णतः स्वस्थ्य हुई। बाद में पेट दर्द का भी इलाज किया गया।

हमारे पिताजी हमेशा दूसरों के लिए जिये। किसी का दर्द देख नहीं सकते। ये संस्मरण 1981-84 के बीच का ही है, जब वे झाँसी छावनी अधिशासी अधिकारी पद पर कार्यरत थे।